ZAG HEROEZ

Prodigiosa™

Las Aventuras de Ladybug

Publicado en España por Editorial Planeta, S. A., 2017
Avda. Diagonal, 662-664, 08034 Barcelona (España)
www.planetadelibrosinfantilyjuvenil.com
www.planetadelibros.com
Primera edición: enero de 2017
Tercera impresión: marzo de 2017
ISBN: 978-84-08-16543-9
Depósito legal: B. 23.843-2016
Impreso en España

ZAG HEROEZ

Prodigiosa

Las Aventuras de Ladybug

Tormentosa

Adrien

Adrien Agreste es un chico carismático y simpático, aunque reservado. Es modelo y vive rodeado de lujo con su padre, que es muy controlador. Con ayuda de su kwami Plagg y de su anillo mágico, se convierte en Cat Noir.

Marinette

Marinette Dupain-Cheng es una chica alegre, amable y generosa. Le apasiona la moda y está secretamente enamorada de Adrien. No obstante, también es impulsiva, algo torpe e insegura. Con ayuda de su kwami Tikki y de sus pendientes mágicos, se convierte en Ladybug.

Cat Noir

Cat Noir es fuerte, engreído y extrovertido, y está enamorado de Ladybug, a quien siempre intenta impresionar. Suele irritarse con facilidad, pero es bueno y leal. Tiene un poder llamado Cataclysm: todo lo que toca sufre una catástrofe.

Ladybug

Ladybug es fuerte, veloz, valiente, decidida, ingeniosa y popular. A veces comete errores porque actúa sin pensar, pero su sentido de la responsabilidad la obliga a arreglarlos. Con su amuleto, invoca objetos que la ayudan a derrotar villanos.

Lepidóptero

Es el villano principal. Su objetivo es dominar el mundo y, para ello, debe hacerse con los prodigios de Ladybug y Cat Noir. Con su poder crea los akumas, unas mariposas negras que convierten a las personas normales en supervillanos.

Tormentosa

Cuando Aurore Beauréal pierde un concurso, Lepidóptero usa su frustración para convertirla en la supervillana Tormentosa, que tiene el poder de controlar el clima. Va vestida de morado con medias a juego y botas blancas, y usa su sombrilla akumatizada como arma.

Alya

Es la mejor amiga y compañera de clase de Marinette. Alya es una chica muy segura de sí misma, observadora y curiosa. Siempre está dispuesta a ayudar a los demás y no soporta las injusticias. Es experta en tecnología y sueña con ser periodista.

Tikki

Tikki, la kwami de Marinette, la ayuda a transformarse en Ladybug. Esta pequeña criatura es amable, optimista y muy sabia. Siempre ayuda y protege a Marinette.

Plagg

Plagg, el kwami de Adrien, lo ayuda a transformarse en Cat Noir. Esta especie de gatito negro es perezoso, vanidoso e irritable. Odia que le den órdenes, es cotilla y suele actuar sin pensar.

Manon

Es una niña revoltosa y caprichosa a la que cuida Marinette. Se enoja cuando no consigue lo que quiere, pero también tiene su lado cariñoso, divertido y alegre.

Capítulo 1

Es un día soleado en la ciudad de París, y frente a los estudios del canal de televisión KIDZ+ se detiene una lujosa limusina blanca de la cual salen dos jóvenes: Aurore y Mireille. Son las finalistas del concurso que ha organizado el canal televisivo para encontrar a la nueva chica del tiempo de las noticias.

Las cámaras, los focos y una multitud de fans eufóricos las reciben con entusiasmo mientras ellas avanzan por una alfombra roja, repartiendo saludos y lanzando besos por doquier.

Nada más entrar en el edificio, Aurore y Mireille se dirigen al plató. Allí las recibe Alec, el presentador de la cadena, para dar comienzo al evento que todo el mundo estaba esperando.

—¡Bienvenidos a la gran final de nuestro concurso! Hoy conoceremos a la nueva chica del tiempo del canal KIDZ+! —anuncia Alec—. Empezamos esta aventura con 5.000 participantes, y gracias a la colaboración de nuestra audiencia hemos podido seleccionar a estas dos fantásticas y talentosas jovencitas. ¡Así que demos la bienvenida a nuestras finalistas! A mi izquierda, Aurore Beauréal... y a mi derecha, Mireille Caquet.

¿Quién será la ganadora? ¡A votar! ¡Mandad «1» para Aurore y «2» para Mireille! ¡Recordad que los mensajes son de pago!

Aurore se muestra muy segura de sí misma y está convencida de que ganará el concurso. En cambio, Mireille mira a la cámara con los hombros encogidos, insegura y nerviosa ante el desenlace final.

Entre tanto, en otro punto de la ciudad, una chica de suaves rasgos asiáticos llamada Marinette cuida de la pequeña Manon, la hija de una amiga de su madre, en su propia casa.

Hacer de canguro de la niña no resulta una tarea nada fácil, ya que es muy traviesa y revoltosa. Hoy, por ejemplo, no se le ha ocurrido nada mejor que arrebatarle a Marinette el bonito sombrero adornado con un lazo estampado de lunares que la joven está confeccionando. Marinette sueña con llegar a ser diseñadora de moda, y por eso una de sus mayores aficiones es coser y crear sus propias prendas de ropa.

—¡Venga, Manon! ¡Devuélveme el sombrero! —le ruega a la niña, persiguiéndola por todo el salón.

—¡Yo también quiero ser diseñadora! —le responde la pequeña.

Manon, que es muy escurridiza e ingeniosa, corre a esconderse detrás de unas cortinas. Marinette, convencida de que por fin podrá atraparla, se le acerca de puntillas conteniendo la risa. Sin embargo, cuando abre las cortinas para sorprenderla, se encuentra con que la niña se ha escabullido y, en su lugar, ha dejado una de sus muñecas con el sombrero puesto. ¡Manon le ha tendido una trampa y Marinette ha caído en ella por completo!

Algo desconcertada, la joven se gira y ve a Manon de pie en el otro extremo del salón. La niña le ha quitado también el móvil y está mirando un programa del canal de televisión KIDZ+.

—¡Voy a votar a Mireille! ¡Es la mejor! —exclama Manon.

Marinette aprovecha un instante que la pequeña parece estar distraída para recuperar tanto su sombrero como su móvil. Pero la calma dura poco. Manon no tarda en volver a hacerse con el sombrero y a salir disparada correteando por toda la casa.

—¿Por qué habré aceptado hacer de niñera? —suspira Marinette.

De repente, aparece una pequeña y simpática criatura de color rojo que se posa sobre una de las dos coletas que lleva siempre la joven. Se trata de Tikki, la kwami de Marinette, que para no ser descubierta por los

demás suele esconderse en el bolso de la chica. Cuando Marinette la ve, se pone muy nerviosa porque teme que Manon descubra su secreto.

—¡Tikki, escóndete! —la apremia.

—No te preocupes… ¿Sabes? ¡Si puedes controlar a Manon durante un día, sólo un día, cualquier villano que te encuentres será pan comido! —le responde Tikki.

De pronto, las interrumpe el sonido del timbre. La kwami vuelve a esconderse y Marinette se dirige hacia la puerta.

¡Qué sorpresa! Es Alya, su mejor amiga.

—¡Hola! ¡Tengo una exclusiva para ti! —le anuncia Alya—. Adivina quién se está haciendo fotos en el parque.

Sin esperar respuesta, Alya saca su teléfono móvil y muestra a Marinette una imagen en la que aparece Adrien, un compañero de clase, posando con gran estilo ante

la cámara de un fotógrafo. A Marinette se le iluminan los ojos y, con impaciencia, le arrebata el móvil de las manos para ver la foto con más detalle.

—¡No puede ser! ¿Adrien está en el parque ahora mismo? —exclama Marinette.

—Sí, justo en este momento —le confirma Alya.

—¡Ay, madre! ¿Y qué le voy a decir? —balbucea Marinette.

—Pues lo mismo de siempre. Yo, eh, eh… me…. —se burla Alya, imitando a su amiga.

Alya conoce muy bien a Marinette. Sabe que le gusta mucho Adrien, pero que no es capaz de expresarse con normalidad cuando le habla porque le invaden los nervios y la inseguridad.

—¡Para! —le pide Marinette, que sigue muy emocionada por la noticia.

En ese preciso momento, la cabecita de Manon asoma por detrás de Marinette, entre sus piernas.

—¿Uh? ¿Quién es? —pregunta la niña, observando a la recién llegada.

—Oh, vaya había olvidado este pequeño detalle... —confiesa Marinette, mirando a Manon de reojo—. Es la hija de una amiga de mi madre a quien debo cuidar toda la tarde. ¡Oh, no! ¡Eso significa que no puedo salir de casa!

Mientras Alya piensa que su amiga tiene un gran corazón y que siempre está haciendo favores a todo el mundo, Marinette no puede ocultar su disgusto.

—¡Mira, no pasa nada! ¡Yo cuidaré a este «pequeño detalle» por ti! —se ofrece Alya.

—Muchas gracias, pero es mi responsabilidad. Además, no te puedo hacer eso, esta niña es… un pequeño angelito —le dice Marinette con ironía, cuando a lo lejos se oye un fuerte estrépito.

Mientras las dos amigas estaban hablando, Manon ha entrado en la cocina y se ha puesto a jugar con los cacharros y las sartenes que ha encontrado, armando un gran escándalo. Marinette sale corriendo para detener a Manon y, una vez más, termina persiguiéndola por toda la casa.

Alya observa la escena con estupefacción. Al final, Marinette consigue dominar a Manon agarrándola fuerte de una mano.

—Escúchame, Marinette —dice Alya—, no seas tonta. Yo siempre cuido de mis hermanas y soy toda una experta tratando con estos «angelitos» —le insiste Alya, dispuesta a ayudar a su amiga.

—Oye, ¿y tú quién eres? —grita entonces Manon con el ceño fruncido.

Alya, que conoce bien a los niños y sabe cómo ganárselos, empieza a explicarle una historia.

—Pues yo soy Alya, uno de los míticos unicornios del mundo de Rispa, pero a veces me

disfrazo de humana —cuenta a Manon, dando rienda suelta a su fantasía—. ¡Además, puedo conceder deseos, pero sólo a los niños que se portan bien!

La expresión enojada de Manon va dejando paso a una sonrisa. Está fascinada con la historia de Alya y empieza a hacerle preguntas para saber más cosas.

Todo parece indicar que Alya ha hallado la manera de manejar la situación y captar la atención de la niña, que ahora se muestra tranquila y en silencio.

Alya está convencida de que pueden llevarse a Manon al parque sin problemas y así poder presenciar la sesión fotográfica de Adrien.

Para alegría de la niña, Alya la alza al aire y la hace girar unas cuantas veces antes de montarla a hombros de Marinette.

—¡Vamos al parque! —exclama Alya.

—¡Vale! —contesta Marinette, entusiasmada pero también muy asombrada por el cambio de actitud de la niña.

Con los gritos de júbilo de Manon de fondo, las tres salen de casa en dirección al parque para ver a Adrien.

Capítulo 2

En el plató de televisión ha llegado el momento decisivo. En breve se anunciará la ganadora del concurso, es decir, la nueva chica del tiempo de la cadena.

—¡Ha llegado el momento más esperado! —anuncia Alec.

Empieza la cuenta atrás. Mireille y

Aurore están muy ansiosas por saber el resultado y ya no aguantan más.

—Los espectadores ya han decidido… —sigue el presentador, procurando mantener la tensión del momento—. La nueva chica del tiempo de KIDZ+ es… ¡Mireille!

La ganadora, sorprendida al ver que el ochenta y dos por ciento de los espectadores la han votado a ella, da un paso adelante para recibir la ovación en medio de los gritos de alegría de sus fans. Por el contrario, Aurore abandona rápidamente el escenario y se aleja de ahí cabizbaja. Está muy decepcionada, estaba segura de que iba a ser ella la chica del tiempo.

En un rincón oculto de la ciudad, en una siniestra guarida repleta de mariposas blancas, vive Lepidóptero. Este villano frío y calculador está obsesionado por conseguir los prodigios de los superhéroes Ladybug y Cat Noir —es decir, los pendientes de ella y el anillo de él— y así poder conquistar el mundo. Su manera de proceder se basa en la capacidad que tiene para detectar la energía negativa de las personas que lo rodean, momento en el que éstas se muestran más vulnerables y se convierten en sus víctimas, a las que transforma en supervillanos. Para ello, primero transfiere sus poderes malignos a una de sus mariposas blancas para corromperla y convertirla en un akuma, el cual se introduce en algún objeto importante de la víctima y la conecta con Lepidóptero. De este modo, el malvado villano transforma a la gente normal en supervillanos, a los que controla telepáticamente.

En estos momentos, Lepidóptero acaba de percibir unas fuertes vibraciones procedentes del plató del canal KIDZ+.

—Puedo notar la ira y la decepción. Siento la debilidad de mi próxima víctima. Una presa fácil para mis akumas —susurra para sí mismo en un tono malvado.

En aquel instante, una mariposa blanca se posa en la palma de la mano de Lepidóptero. El villano la atrapa con ambas manos y, al abrirlas de nuevo, aparece una mariposa negra. Se trata de un akuma, la principal arma de Lepidóptero que le permite controlar a sus víctimas. El akuma sale por la ventana de la guarida y se aleja sobrevolando la ciudad de París.

Aurore se encuentra en uno de los ascensores del edificio de la cadena de televisión. Mientras ha estado en el escenario, ante las cámaras y el público, se ha reprimido y ha ocultado su mal perder, pero ahora está sola y desata su frustración.

—¡Tenía que haber ganado yo! —grita mientras estruja una bonita sombrilla que lleva siempre consigo—. Tengo talento y tengo *glamour*, ¡lo tengo todo! Pero ella me lo ha arrebatado. ¡Me lo han quitado de las manos!

De repente, el ascensor da una sacudida y las luces empiezan a fallar. Horrorizada, Aurore ve como algo difícil de identificar intenta colarse por la rendija de la puerta. Unos segundos después ve que se trata de una mariposa negra, la cual ha logrado colarse en el ascensor y se dirige hacia ella. Presa del terror, la chica intenta defenderse con su sombrilla. Al impactar con este improvisado escudo, la espeluznante mariposa entra en él y lo posee gracias a su poder maligno.

En aquel mismo instante, Aurore escucha una extraña y fría voz en su mente. Es Lepidóptero:

—Tienes toda la razón, tú tenías que haber ganado.

La chica levanta la mirada, pero ya no parece la misma. Su rostro expresa arrogancia, agresividad y mucha envidia.

—¡Tenía que haber ganado yo! —repite de nuevo muy furiosa.

Lepidóptero ha poseído a Aurore con sus poderes malignos y la ha transformado en una supervillana llamada Tormentosa.

—Yo, Lepidóptero, te otorgo a ti, Tormentosa, el poder de buscar venganza como mi chica del tiempo. Todo lo que debes hacer es conseguirme los prodigios. ¿Podrás hacerlo? —le pregunta telepáticamente a su nueva víctima.

—¡Pues claro! —exclama Tormentosa, muy segura de sí misma.

—¡Eso es lo que quería oír! —le responde Lepidóptero—. ¡Enséñales quién es en realidad la mejor chica del tiempo!

Tormentosa, que ahora lleva un vestido morado con medias a juego y unas botas blancas, y va armada con su sombrilla akumatizada, sale del ascensor con paso decidido y una sonrisa maligna dispuesta a cumplir su misión.

Mientras tanto, en el parque cercano a la casa de Marinette, un fotógrafo y su ayudante están haciendo un reportaje fotográfico a Adrien. El chico, que es todo un experto ante la cámara, está posando delante de una bonita fuente. Nada más llegar al parque, Marinette, Alya y Manon se colocan detrás de un árbol para observarlo todo a escondidas.

—¡Bien! Vamos a acercarnos tranquilamente, como si pasáramos por allí de forma casual —les susurra Marinette.

—¿Y luego? —pregunta Alya poco convencida por el plan de su amiga.

—Luego... le invito a tomar un zumo después de las fotos —responde Marinette con entusiasmo—. Y nos casamos. ¡Y vivimos felices en una preciosa casita! ¡Y tenemos dos hijos! ¡No, tres! ¡Y un perro! O un gato. No, eso no. ¡Un hámster! ¡Adoro los hámsters!

—Oye, ¿y si mejor empiezas con aquello de «Hola, pasaba por aquí» y ya veremos si llegas al zumo? —la interrumpe Alya, bajándola a la tierra de golpe.

Mientras la sesión fotográfica continúa, las dos amigas y la niña pasan por detrás de la fuente aparentando normalidad, aunque a Marinette no se le da nada bien disimular. Debido a los nervios, camina con zancadas torpes y desacompasadas. Con todo, la estrategia no funciona, ya que Adrien ni siquiera las ha visto pasar.

—Está bien, ¡volvamos a intentarlo! —insiste Marinette.

Esta vez, Adrien se da la vuelta y saluda a sus compañeras de clase con simpatía. Pero no puede atenderlas porque el fotógrafo se impacienta y reclama su atención.

Aunque el chico ya no la mira, Marinette no deja de saludarlo con una inalterable sonrisa bobalicona en su rostro. Está tan contenta que parece incapaz de controlar sus emociones y gestos.

—¿Has visto? ¡Me ha saludado! —exclama emocionada dándole codazos a Alya.

—Sí, lo he visto. Claro, es normal, vamos a la misma clase —le contesta, resignada ante la reacción exaltada de su amiga.

Lejos de allí, en los estudios de la cadena KIDZ+, Mireille abraza su trofeo con entusiasmo en el ascensor del edificio y se prepara para saludar a los fans que la esperan a la salida. Sin embargo, cuando las puertas se abren, se encuentra cara a cara con Tormentosa.

—Hola, soy Tormentosa, ¡la única chica del tiempo que no se equivoca en las predicciones! Y, por desgracia para ti, se avecina imparable un gran frente helador... ¡en este momento! —dice en tono amenazante a la vez que le impide salir del ascensor.

Mireille se asusta y trata de huir, pero la iracunda Tormentosa no se lo permite y la acorrala allí mismo. A continuación, la apunta con su sombrilla, que ahora tiene el poder de controlar el clima, y crea una enorme y resistente capa de hielo que envuelve por completo a Mireille.

—¡Que alguien me saque de aquí! ¡Socorro! ¡Socorro! —suplica Mireille, tratando de romper el bloque de hielo con todas sus fuerzas.

Después de asegurarse de que Mireille no podrá escapar y que nadie podrá ir en su ayuda, Tormentosa se marcha para llevar a cabo su misión, que no es otra cosa que conseguir los prodigios.

Capítulo 3

La sesión de fotos de Adrien en el parque aún no ha terminado, y Marinette, Alya y Manon siguen allí, observándolo todo. Marinette está fascinada por el talento y la profesionalidad del chico ante la cámara.

—Bravo, genial. Y ahora, *per favore*, ¡piensa que tu *mamma* te trae *spaghetti*! —exclama el fotógrafo— *Bene*, así, ¡Oh, no!

¡A la *mamma* se le han caído los *spaghetti*! Ven aquí y come los *spaghetti* del suelo. ¡Estás hambriento! ¡Enséñamelo! *Bene, bene.* ¡Sí! ¡Eso es, genial!

Al cabo de un rato, Manon empieza a aburrirse y deja de prestar atención a la sesión de fotos. Entonces, se pone a mirar a su alrededor y, en otro rincón del parque, descubre un puesto donde venden bonitos globos rojos con la imagen de Mireille, a quien tanto admira.

—¡MARINETTE! ¡Quiero un globo de MIREILLE! ¿Puedo? ¿Puedo? —suplica Manon, tirándole del brazo.

Pero Marinette ni siquiera se da cuenta de que Manon le está hablando. Ella sigue en las nubes, mirando absorta a Adrien.

—¡Marinette! ¡MARINETTE! —repite la

niña, alzando la voz cada vez más para que su niñera reaccione.

—¡*Ma!* ¡Silencio! —grita enfadado el fotógrafo, molesto por los gritos de Manon.

—¡Porfa, porfa! —sigue insistiendo la niña con cabezonería.

Pero Marinette sigue sin hacerle caso, sólo tiene ojos para su Adrien.

—Ven, yo te compraré ese globo —se ofrece Alya tratando de separar a Manon de Marinette.

—¡No! ¡Quiero ir con Marinette! —chilla Manon, agarrándose como si fuese un mono a la pierna de la chica.

Viéndose obligada a ceder ante las miradas reprobatorias que le dirigen el fotógrafo y su ayudante, Marinette finalmente se dirige al puesto de globos, andando con dificultad porque Manon sigue bien agarrada a su pierna.

—¿Y qué pasa con Adrien? —le pregunta Alya desconcertada mientras ve cómo se aleja su amiga.

Simultáneamente, en el exterior de los estudios de televisión, los fans de Mireille esperan con impaciencia y entusiasmo la salida de la nueva chica del tiempo.

—¡MIREILLE! ¡MIREILLE! ¡MIREILLE! ¡MIREILLE! —gritan mientras alzan pósters de su ídolo y preparan los móviles para captar el momento.

Pero de repente se hace el silencio. Ante la estupefacción de todos, aparece la supervillana Tormentosa.

—¿Dónde está Mireille? —se atreve a preguntar alguien.

—¡Ha! —exclama Tormentosa con aires de superioridad, deteniéndose en medio de la muchedumbre con los brazos alzados—.

Mmm... Os recomiendo a los que habéis votado por Mireille que os pongáis a cubierto enseguida, porque se va a levantar un vendaval. Oh, vaya, ¡demasiado tarde!

Tormentosa esboza una sonrisa irónica y se dispone a vengarse de aquellos que no la han votado.

La supervillana utiliza los poderes de su sombrilla para crear una fuerte corriente

de aire que provoca la estampida de toda la gente que hay a su alrededor. Una vez que se ha librado de los fans de su contrincante, Tormentosa, orgullosa y satisfecha, se eleva hacia el cielo a toda velocidad para seguir con su misión.

Mientras tanto, en el parque, Marinette acaba de comprarle a Manon el globo que tanto deseaba.

—¡Ya está! Venga, regresemos —dice Marinette ansiosa por hallarse de nuevo cerca de Adrien.

Pero Manon, que apenas ha tenido tiempo de coger el hilo del globo, descubre algo al otro lado del parque que llama poderosamente su atención.

—¡Ah! ¡Me quiero montar en el tiovivo! —exclama entusiasmada, echando a correr como una exhalación.

Marinette consigue atraparla e intenta convencerla para volver junto a Alya y seguir viendo la sesión de fotos de Adrien.

—¡Me lo prometiste! —le recrimina Manon—. No vas a romper tu promesa, ¿verdad que no? —añade mirándola con ojos tristes y suplicantes.

—Oh, no me hagas esto, no pongas ojitos... No me puedo resistir cuando me miras así —murmura Marinette, incapaz de resistirse a los encantos de Manon.

La niña aprovecha para arrastrarla hacia el tiovivo. Parece que ha vuelto a salirse con la suya y está muy contenta.

En este mismo instante, Tormentosa sobrevuela a toda prisa la ciudad. A medida que avanza por las calles de París, ve carteles publicitarios de Mireille por todas partes que alimentan su ira y su odio.

De pronto, uno de los globos de Mireille se interpone en su camino y la supervillana se ve obligada a detener su vuelo. Al mirar hacia abajo, ve a un niño llorando porque se ha quedado sin globo y al vendedor que lo consuela regalándole otro.

Más furiosa que nunca, Tormentosa desciende en picado hacia el puesto de globos.

Adrien bosteza. La sesión se está alargando y empieza a estar cansado.

—¡No! ¡No! ¡No! Parece que has comido demasiados *spaghetti*. ¡Necesito más energía! ¡Más romanticismo! —exclama el fotógrafo a punto de perder los nervios—. Necesito... ¡una chica!

Desesperado, se dirige a Alya, que se encuentra sentada allí cerca, comiéndose una manzana, a la espera de que Marinette y Manon regresen.

—¡Tú misma! ¡Necesito una figurante, por favor! —le grita.

—¿Quién? ¿Yo? —pregunta Alya confundida.

—¡Sí! ¡Para posar con el *signore* Adrien! —responde el fotógrafo.

—Uy… Creo que estoy… eh... ¡teniendo una reacción alérgica a esta manzana! —le contesta, inventándose una excusa para no tener que ir con él.

—¿Eh? —pregunta el fotógrafo algo desconcertado.

—Ya ce a quién nececitaz. ¡Ezpera un momento! —le dice ceceando, fingiendo que se le ha hinchado la lengua por la supuesta alergia.

Alya tira la manzana y sale corriendo hacia el tiovivo, donde Marinette está ayudando a Manon a montarse sobre un bonito unicornio blanco con riendas lilas.

—¡Están buscando a alguien para posar con Adrien! —exclama Alya casi sin aliento en cuanto llega al tiovivo.

—¿Qué? ¿En serio? —le responde Marinette emocionada.

—¿Ese Adrien es tu novio? —pregunta Manon para averiguar lo que ocurre.

—¿Qué? ¡No! Es decir… ¿Sí? ¡No! —le contesta Marinette, nerviosa, sin saber qué decirle exactamente.

—¡Pero bueno! ¿A qué estás esperando? —la apremia Alya para convencerla.

Marinette sigue dudando porque tiene que hacerse cargo de Manon, pero Alya aparta a su amiga a un lado y se sube en el unicornio del tiovivo detrás de Manon.

—Tú encárgate de tu príncipe y yo me ocuparé de esta pequeña. De todas formas, no sabes controlarla —decide Alya.

A Marinette le sabe mal que su amiga le haga tantos favores, pero, al mismo tiempo, le está muy agradecida porque en ese momento no hay nada que desee más que estar cerca del chico que le gusta. ¡Y más ahora que ha surgido una ocasión perfecta!

—¡No quiero! ¡Marinette es mi canguro! —protesta Manon.

—¡Confía en mí! —insiste Alya, sabiendo qué hacer para que Manon cambie de opinión—. ¡Adelante, bello unicornio! ¡Corramos velozmente hasta Rispa, a algún poblado con niños tristes para poder concederles sus deseos! ¡Yiiiijaaaaa!

—¡Yiiiijaaaaa! —repite Manon, que parece que ya se le ha pasado el enfado y que está feliz quedándose con Alya en el tiovivo.

Marinette, más aliviada al darse cuenta de que deja a la niña en buenas manos, sonríe y se da la vuelta para dirigirse hacia donde está su querido Adrien. Tiene una magnífica ocasión para ayudarlo y de paso estar junto a él, así que debe aprovecharla.

Capítulo 4

Marinette apenas ha dado cuatro pasos desde el tiovivo cuando, de repente, oye unos gritos. No sabe lo que ocurre exactamente y se detiene. Tras observar que todo el mundo mira hacia arriba, ella levanta la mirada y descubre a una supervillana vestida de morado que apunta enfurecida hacia abajo con su sombrilla.

¡Es Tormentosa! Con sus poderes malignos, la supervillana origina una fuerte co-

rriente de aire que en un primer momento arrastra a las personas que pasean por el parque y poco después forma una capa de hielo alrededor del tiovivo, donde están Alya y Manon. El globo que sujeta Manon también se congela y se hace añicos. La gente que ha presenciado el ataque huye despavorida.

Marinette decide actuar y corre a buscar un lugar oculto de miradas ajenas. Allí, se agacha y abre su bolsito rosa, del que sale su kwami.

—¡Hora de transformarse! ¡Tikki! ¡Puntos fuera! —exclama Marinette.

Tikki se transforma en un rayo de energía que se transfiere a los pendientes de Marinette. Éstos, que eran negros, empiezan a relucir y se vuelven rojos, con cinco topitos negros. La chica se pasa las manos por el rostro y al acto se materializa un antifaz rojo con topos negros que le oculta su identidad. Unos últimos movimientos permiten que su ropa se transforme en un traje rojo intenso estampado con más topos negros.

Entre tanto, Tormentosa ha sembrado el pánico en el parque destruyendo todo lo relacionado con Mireille.

Adrien también decide entrar en acción. Interrumpe la sesión de fotos y va en busca de su kwami Plagg, que suele esconderse en su bolsa, para que lo ayude a transformarse en Cat Noir.

—¿Plagg? ¿Plagg? —pregunta tras abrir su bolsa y ver que no está.

—¡No estoy! ¡Estoy dormido! —oye que le dice, pero sin saber desde dónde.

Entonces Adrien, que conoce muy bien a su kwami, saca un trozo de queso. En un abrir y cerrar de ojos, Plagg sale de su escondrijo, atraído como un imán por el pedacito de queso.

—Para tu información, puedo oler el camembert aunque esté dormido. ¡Es uno de mis talentos! —replica Plagg, llevándose el queso.

—¡Genial! Pero no hablemos de quesos —lo interrumpe Adrien antes de que dé el primer mordisco—. Plagg, ¡garras fuera!

Plagg se convierte en un rayo de energía que se transfiere al anillo mágico de Adrien. Al instante, en la joya surge una huella de gato y el rostro del chico queda oculto tras un antifaz negro. Dos orejas de felino y un traje negro con un cascabel y una larga cola completan la transformación de Adrien en Cat Noir.

En este mismo instante, Ladybug se dirige muy preocupada hacia el tiovivo cubierto de hielo para ayudar a Alya y a Manon.

—¡Os sacaré de ahí! —grita cuando llega.

Con decisión, saca su yoyó mágico y lo lanza contra el hielo para cortarlo. La cuerda rodea el enorme bloque, pero por desgracia resbala y el yoyó sale disparado y le da en la cabeza, dejándola medio aturdida.

—¡Pasemos al plan B! ¡Tranquilas, todo va a ir bien! —les dice a Alya y Manon.

—¿Dónde está Marinette? —le pregunta la pequeña.

—No se ha olvidado de ti, Manon —le responde Ladybug con dulzura.

—¿Cómo sabes mi nombre? —se extraña la niña.

—Marinette me lo dijo, está a punto de llegar —le dice de forma atropellada.

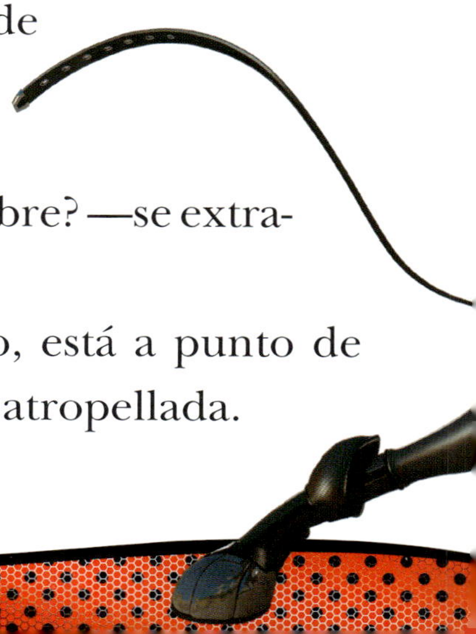

Tras despedirse de ellas, Ladybug lanza su yoyó para ir en busca de Tormentosa.

La supervillana sigue atacando a todo aquel que se cruza en su camino. De pronto, alguien la interrumpe.

—¡Eh, Reina del Hielo! ¿Asustando a todos? ¿Por qué no te metes con alguien de tu temperatura? —le dice Cat Noir.

—¡Yo no me llamo Reina del Hielo! ¡Soy Tormentosa! —le contesta enfurecida.

—¡Hoy estoy menos arisco de lo normal! Así que si te tranquilizas, tal vez lo dejaré pasar, ¿vale? —sigue provocándola Cat Noir.

Tormentosa lo mira fijamente mientras abre su sombrilla y desencadena un fuerte vendaval que lanza a Cat Noir por los aires.

El superhéroe se desploma al suelo unas cuantas calles más allá, justo por donde pasaba Ladybug.

—¡Pensaba que los gatos caíais siempre de pie! —le dice Ladybug bromeando, mientras lo ayuda a levantarse.

—¡Gracias, señorita, pero no necesitaba ayuda! —responde él a la vez que le agarra la mano y le da un beso con galantería.

—No es momento para tus tonterías, Cat Noir. Y, aun así, de nada —le dice Ladybug, apartándolo de su lado.

Entonces, llega Tormentosa.

—Qué bonito, quieren jugar al ratón y el gato. ¡Hielo negro! ¡Ráfaga! —grita Tormentosa al tiempo que dispara un relámpago morado hacia el cielo.

El cielo se nubla por completo y, al cabo de unos instantes, el relámpago desciende directo hacia Cat Noir. En el último segundo, Ladybug se abalanza sobre él para protegerlo y ambos salen rodando. Finalmente, ella queda tendida bocarriba en el suelo y él justo encima, con el rostro a escasos centímetros del de la chica.

—¡Aahh! —gritan los dos a la vez cuando se dan cuenta de la posición comprometida en la que están.

Cat Noir le sonríe con nerviosismo, pero cuando ella lo aparta, reacciona y vuelve a adoptar su papel de superhéroe.

—¡Yo sí que te haré salir volando! —le dice a Tormentosa corriendo hacia ella.

—¡Cuidado! —grita Ladybug.

En ese momento Tormentosa activa sus poderes y convierte la calle en una resbaladiza pista de hielo. Al superhéroe le cuesta mantenerse en pie.

—¡Tornado! —grita entonces Tormentosa, generando un poderoso torbellino de viento que avanza hacia sus enemigos.

Tras este ataque, no sólo salen volando todos los coches que se encuentran en la calle; también Ladybug y Cat Noir se ven afectados. Con rapidez y habilidad, la superheroína lanza su yoyó y consigue sujetarse a una farola. Al ver que Cat Noir es arrastrado por el tornado, Ladybug espera que pase por su lado y lo agarra de la cola con fuerza.

—¡Te tengo! —exclama.

Cuando pasa el tornado, los dos caen al suelo y las alarmas de los coches que han quedado esparcidos y hechos añicos en la calle se disparan.

Tormentosa se aleja por las calles de París, creando remolinos de aire y destruyendo los carteles de Mireille. Cada vez está más hechizada por las fuerzas del mal y avanza con paso firme y una risa maliciosa.

Mientras tanto, Cat Noir da un salto para salir a buscar a la supervillana.

—¡Este pequeño Cat Noir te bajará esos humos! —exclama en tono arrogante.

—Ey, lindo gatito, ¡piensa antes de saltar! —le dice Ladybug, agarrándole de la cola para evitar que se precipite.

—¿Tienes un plan? —le pregunta él.

—¡Tú sólo sígueme! —le responde.

Ladybug trepa por un edificio y emprende la marcha moviéndose con rapidez de fachada en fachada. Cat Noir la sigue. Cuando ven a Tormentosa, deciden sorprenderla atacándola los dos a la vez, ella haciendo rodar su yoyó sobre su cabeza y él su vara.

No obstante, Tormentosa reacciona en el último momento y contraataca.

—¡Tornado! —anuncia mientras crea otro de sus fuertes vendavales.

—¡Aaaaaaaaaaah! —gritan Ladybug y Cat Noir, que salen volando por los aires.

Esta vez, el tornado de Tormentosa los arrastra muy lejos. Al caer, los superhéroes deben esquivar los coches que también han salido despedidos. Cuando parece que el peligro ha pasado, ven llegar volando un enorme autobús blanco. Ladybug se sitúa

delante de Cat Noir para protegerlo. Saca su yoyó y lo hace rodar a modo de escudo. Finalmente, el autobús se estrella por encima de ellos, pero el escudo forma un agujero en el vehículo y ambos acaban atrapados en su interior, aunque a salvo. Cuando el yoyó se detiene, le cae a Cat Noir en la cabeza.

—¡Ay! —exclama.

Capítulo 5

Las horas pasan y Alya y Manon siguen atrapadas en el tiovivo cubierto por el hielo. Mientras los bomberos trabajan sin descanso intentando derretir aquella masa congelada, Alya distrae a la pequeña con juegos e historias fantasiosas.

—Choco-choco la-la, choco-choco te-te, choco-la, choco-te, ¡chocolate! —le canta mientras chocan las palmas.

—¡Eh! ¡Eso no vale, tú siempre me ganas! —protesta la niña cruzándose de brazos.

De repente, se oye un ruido que proviene del hielo. Alya descubre que están creciendo enormes estalactitas.

—¿Eh? ¿Qué es eso? —pregunta Manon asustada.

—Eh...¡Es el Rey Duende! ¡Ha comido tanto que se le ha roto el cinturón! —improvisa Alya para tranquilizar a la pequeña.

Piensa que lo mejor será ponerse a jugar y empieza a perseguir a Manon alrededor del tiovivo. Pero la diversión dura poco y las estalactitas están creciendo cada vez más.

—Ven, te contaré un cuento —dice Alya a la pequeña mientras se cobijan bajo el techo del tiovivo.

En otra zona de la ciudad, Tormentosa prosigue con su misión devastadora. En plena acción, se detiene al recibir el mensaje que Lepidóptero le envía por telepatía:

—Ya has demostrado a todos quién es la verdadera ganadora, mi chica del tiempo. Ahora es el momento de que cumplas con tu parte del trato. Escucha bien mi plan…

Por otro lado, Ladybug y Cat Noir han conseguido por fin salir del autobús y van al encuentro de Tormentosa.

—Quizá esté sufriendo una especie de trastorno de la ira —razona Ladybug, tratando de entender el comportamiento de Tormentosa.

—¡O puede que no le aprobaran el carné de conducir! —añade Cat Noir.

De pronto, en la enorme pantalla de uno de los edificios de la calle, aparece la figura de Tormentosa. Ladybug y Cat Noir se detienen de golpe.

—Señores y señoras, he aquí la predicción para este primer día estival. ¡La madre naturaleza ha cambiado sus planes! ¡Adiós a las vacaciones. El verano se ha terminado! —proclama Tormentosa, señalando el mapa de Francia y cubriéndolo con un enorme copo de nieve.

—¿Ya? ¡Vaya, qué pena, el traje de baño me quedaba estupendo! —bromea Cat Noir mientras empiezan a caer los primeros copos de nieve sobre la ciudad.

—Bueno, ¡al menos sabemos dónde encontrarla! —exclama Ladybug al darse cuenta de que Tormentosa está anunciando su predición meteorológica en directo desde los estudios del canal KIDZ+.

—¡Prepárense para el peor temporal de la historia! ¿Quién necesita sol pudiendo tener cinco metros de nieve? —anuncia.

Ladybug y Cat Noir se dirigen hacia los estudios de televisión donde se encuentra la supervillana. Al entrar en el edificio, Cat Noir ve un cartel de Aurore y se detiene.

—¡Esa chica del cartel me suena! —dice.

—¡Es ella! ¡El akuma debe de estar en su sombrilla! —exclama Ladybug después de comparar la foto de Aurore con la imagen de Tormentosa en la pantalla.

—¡Tengo el placer de comunicarles que en el mundo de Tormentosa el invierno será permanente! —proclama la supervillana entre risas burlonas.

En este momento, Cat Noir y Ladybug irrumpen en el plató tras derribar la puerta

de una fuerte patada. Pero su sorpresa es mayúscula cuando descubren que Tormentosa no está allí.

—¡Se trata de una grabación! —deduce Ladybug estupefacta.

En ese momento, se oye una risa maligna. Es Tormentosa, que desde la puerta del plató apunta con su sombrilla y dispara unos enormes focos que quedan suspendidos en el techo, justo encima de Ladybug y Cat Noir.

Los superhéroes han logrado esquivarlos, pero Tormentosa aprovecha la oportunidad para apagar todas las luces del edificio.

—¡Sí, todo va exactamente como preveía! ¡Pronto los prodigios serán míos! ¡Tráemelos! —le ordena Lepidóptero a Tormentosa desde su oscura guarida.

Tormentosa se aleja por uno de los pasillos de los estudios de televisión profiriendo una ristra de risotadas.

—¡Se escapa! —exclama Cat Noir.

—¡Ah! —grita Ladybug tras tropezar con algún objeto en medio de la oscuridad.

—¿He oído a una damisela en apuros? —pregunta Cat Noir.

—¡Algunos carecemos de visión nocturna! —contesta Ladybug.

Entonces Cat Noir la coge de la mano, le pide que confíe en él y la guía por el oscuro edificio para encontrar a Tormentosa.

En el tiovivo, Alya sigue contando historias fantásticas para distraer a Manon.

—Entonces, el cíclope cogió a la princesa de la mano y le dijo: «Eh, tú, mírame al ojo» —cuenta la joven mientras gesticula y hace voces para que la niña se ría—. De pronto, la valiente princesa le clavó un dedo en el ojo para ganar tiempo y poder escapar. Pero por desgracia, y debido a que había probado aquella patata envenenada, cayó en un sueño muy profundo.

No hay duda de que Alya ha logrado su cometido, ya que la niña se ha olvidado por completo del hielo. Pero la realidad es que las estalactitas empiezan a romper el techo del tiovivo y Alya debe detener su relato.

—¡Ah! —grita Manon encogiéndose.

—Date prisa, Ladybug —murmura Alya rodeando a la niña entre sus brazos.

En los oscuros estudios de televisión, la persecución continúa. La villana Tormentosa es escurridiza y sus risitas maliciosas resuenan en todo el edificio. Cat Noir es el único que puede ver en la oscuridad, pero Ladybug se defiende:

—Creo que me las puedo apañar.

Pero justo entonces Tormentosa empieza a lanzarles objetos.

—¡Agáchate! —le dice Cat Noir intentando protegerla.

—Vale, creo que lo mejor será hacerte caso —murmura ella, viendo que efectivamente necesita su ayuda.

Tras subir por unas escaleras llegan a la azotea, donde los espera Tormentosa levitando a mucha altura. El cielo está más nublado que antes y la nieve sigue cayendo.

—¡Ja, ja, ja! ¡Tontos! ¡Habéis caído en mi trampa! —exclama la villana—. ¡Ciclón!

En ese instante se origina una intensa borrasca que atrapa a Ladybug y a Cat Noir.

Una vez más, Tormentosa oye la voz telepática de Lepidóptero:

—¡Eso es, muy bien hecho!¡Y ahora trae los prodigios! —le ordena orgulloso de su actuación.

Tormentosa se siente vencedora.

—¡Por aquí no hay salida! ¡La fiesta ha terminado! —les dice a los dos superhéroes.

—¡Nada de eso! ¡Acabamos de empezar! —responde Ladybug.

Entonces, la superheroína saca su yoyó mágico para activar su superpoder especial.

¿Qué útil objeto le proporcionará esta vez?

—¡Lucky Charm! —grita lanzándolo al aire. El yoyó libera energía mágica en forma de espiral y le proporciona a Ladybug una toalla roja con topos negros.

—¿Eh? ¿Una toalla? ¿Y qué hago yo con esto? —se pregunta desconcertada.

—¡Genial! Nos va a hacer puré, pero al menos estaremos secos —se burla Cat Noir.

—¡Calla y sujétate los bigotes! —replica ella mientras se enrolla la toalla en el brazo derecho.

Tormentosa continúa su ataque, ahora lanzándoles una lluvia de granizo. Cat Noir tira de Ladybug y la coloca agachada junto a él, después levanta su vara y la hace girar sobre su cabeza a modo de escudo protector.

—Bueno, ¿cuál es tu plan para recuperar el akuma? —pregunta él—. Me están empezando a dar calambres.

Capítulo 6

La situación es realmente preocupante. Ladybug observa la escena pensativa, tratando de entender qué significa la toalla que le ha proporcionado su amuleto de la suerte. Entonces descubre unas tuberías que expulsan aire frío y un cartel metálico.

—¿Ves ese cartel de ahí? Cuélgate de él —le pide Ladybug a Cat Noir.

—¡De acuerdo! —contesta él, confiado de que será un buen plan.

Sin pensárselo dos veces, Cat Noir grita ¡Cataclysm! para activar su superpoder especial. Al pronunciar esta palabra, con la mano que lleva el anillo crea una gran esfera negra de energía que le confiere el poder de la mala suerte: cuando toque un objeto, éste quedará afectado negativamente y se estropeará.

—¡Eh, témpano de hielo! ¿Esto es todo lo que sabes hacer? —dice Cat Noir provocando a Tormentosa.

Furiosa, la supervillana empieza a dispararle rayos violetas con su poderosa sombrilla akumatizada. Ágil y veloz como un felino, Cat Noir esquiva todos los disparos y consigue llegar hasta el cartel. En cuanto roza su parte inferior con la mano, la enorme estructura métalica comienza a oxidarse y tambalearse, hasta el punto que acaba desplomándose sobre Tormentosa.

—¡Aaaaaah! —grita la villana, asustada.

Por su parte, Ladybug aprovecha que Tormentosa sólo se fija en el cartel que está a punto de aplastarla para sacar su yoyó y agarrarle el pie para retenerla. Tormentosa in-

tenta escapar, pero Ladybug enrolla su yoyó en una tubería para impedírselo. Después, con ayuda de la toalla y del aire que expulsa la tubería, sale propulsada hacia la villana.

—¡Aaaaaaaaah! —vuelve a gritar Tormentosa, que en plena caída suelta su sombrilla.

Cat Noir agarra el objeto y se lo pasa inmediatamente a Ladybug para que ella pueda atrapar el akuma que lo posee.

—¡Sal de ahí, bicho travieso! —exclama Ladybug.

Entonces, parte por la mitad la sombrilla de Tormentosa y de ella sale volando una mariposa negra: el akuma.

—¡Ya no harás mas daño! ¡Yo te libero del mal! —añade la superheroína mientras activa su yoyó mágico.

Ladybug captura el akuma con el yoyó y éste lo transforma en una brillante mariposa blanca que se marcha aleteando.

—¡Prodigiosa Ladybug! —grita entonces la superheroína lanzando la toalla al aire e invocando su energía mágica.

La energía se separa en haces que comienzan a recorrer las calles y el cielo de París. La toalla desaparece y, al momento, las nubes tormentosas que cubren la ciudad se disipan y vuelve a resplandecer el sol.

En el parque, los bomberos siguen trabajando con ahínco para derretir el bloque de hielo que mantiene atrapadas a Alya y a Manon en el tiovivo.

—Y tras vencer al dragón de tres cabezas con una llave de... —cuenta Alya, que prosigue con su historia.

De repente, un poderoso haz de la energía mágica de Ladybug envuelve el bloque de hielo y lo derrite.

—... taekwondo, la princesa besó a su príncipe encantado y... —añade Alya.

—¿Y comieron perdices? —pregunta con gran curiosidad Manon.

—¿Eh? Sí claro, por supuesto que comieron perdices. Y después tuvieron un montón de pequeñajos como tú que los volvie-

ron locos —finaliza Alya mientras agarra a Manon para salir del tiovivo.

En la azotea de los estudios del canal KIDZ+, Tormentosa se ha convertido de nuevo en Aurore.

—Pero ¿qué hago aquí arriba? ¿Qué ha ocurrido? —se pregunta la chica, medio aturdida. Está claro que no recuerda nada de lo que ha pasado.

—¡Bien hecho! —exclaman Ladybug y Cat Noir a la vez, mientras chocan sus puños.

En su guarida, Lepidóptero está furioso.

—Algún día los prodigios serán míos. No importa cuántos villanos tenga que mandar contra vosotros, al final los conseguiré —murmura con rencor.

Ladybug es de nuevo Marinette, que se dirige hacia el parque deprisa.

—¡Eh!, Adrien y el fotógrafo están ahí esperándote —comenta Tikki, que se asoma por el bolso de la chica.

—¿No crees que ya es tarde? —pregunta.

—¡Vamos, Marinette! Has salvado a Manon y a todos los habitantes de París! ¡Te lo mereces! —la anima Tikki emocionada.

Entonces se le acerca corriendo Manon.

—¡Marinette! —exclama la niña, abalanzándose sobre ella y abrazándola con fuerza—. ¡Ya sé cual es tu secreto!

—¿Eh? Pero... ¿qué secreto? —pregunta Marinette nerviosa.

—Ladybug es tu mejor amiga, y entre vosotras siempre sabéis lo que va a hacer la otra —le dice orgullosa de su razonamiento.

Marinette suspira de alivio y le da otro abrazo. Después, la coge de la mano y, junto con Alya, se dirigen hacia la sesión de fotos.

—¿Puedo una piruleta? ¿Puedo? ¡Porfi, porfi! —intenta detenerla Manon.

—No, Manon. Ahora debo hacer algo —le responde—. Alya, cuídala, ¿vale?

Alya acepta cuidar un rato más de la niña y Marinette se dirige hacia el grupo que unos metros más allá forman Adrien, el fotográfo y su ayudante.

—¡Lista para la sesión de fotos! —grita Marinette.

Pero el fotógrafo descubre a Manon y exclama:

—¡Un momento! ¿Quién es ese angelito que veo aquí?

Ante la sorpresa de todos, Manon es la elegida para aparecer junto a Adrien en la fotos.

—¡Genial! Sí, así, *molto bene*. ¡Perfecto! —exclama el fotógrafo con entusiasmo y satisfacción.

Marinette observa la escena con resignación y su amiga Alya la consuela. ¡Siempre hay algo que impide a Marinette acercarse a Adrien!

¡No te pierdas las próximas aventuras de Ladybug!